Die Schatten der Burg
Eine Geistergeschichte aus Gadebusch

FSC
www.fsc.org
MIX
Papier aus ver-
antwortungsvollen
Quellen
Paper from
responsible sources
FSC® C105338

Die Schatten der Burg

Herold zu Moschdehner

Eine Geistergeschichte aus Gadebusch

Bibliografische Information der Deutschen Nationalbibliothek
Die Deutsche Nationalbibliothek verzeichnet diese Publikation in der Deutschen Nationalbibliografie; detaillierte bibliografische Daten sind im Internet über http://dnb.d-nb.de abrufbar.

ISBN: 978-3-7693-0702-3

Vorwort

In "Die Schatten der Burg" entführt uns der Autor auf eine faszinierende Reise durch die geheimnisvolle Stadt Gadebusch, die von ihrer dunklen Vergangenheit geprägt ist. Clara, eine gewöhnliche Frau mit einem unstillbaren Durst nach Wahrheit, wird zum unwahrscheinlichen Helden, als sie sich der Herausforderung stellt, die Geister der Vergangenheit zu befreien und die Dunkelheit zu vertreiben, die die Stadt in ihrem Bann hält.

Diese Geschichte ist mehr als nur ein Roman über übernatürliche Begegnungen und das Streben nach Freiheit. Sie ist eine tiefgründige Erkundung von Erinnerungen, Identität und der Kraft der Gemeinschaft. Clara wird nicht nur mit äußeren Dämonen konfrontiert, sondern auch mit den inneren Kämpfen, die uns alle begleiten. In einer Welt, in der die Grenzen zwischen Licht und Schatten verschwommen sind, ist es die menschliche Verbindung, die letztendlich die Dunkelheit besiegt.

Tauchen Sie ein in die mysteriöse Atmosphäre von Gadebusch und erleben Sie, wie die Vergangenheit die Gegenwart beeinflusst. Lassen Sie sich von Claras Mut und Entschlossenheit inspirieren, die uns lehrt, dass selbst die tiefsten Schatten durch das Licht der Wahrheit überwunden werden können.

Kapitel 1: Die Ankunft in Gadebusch

Es war einer dieser kühlen Abende im späten
Herbst, als Clara in die charmante Stadt
Gadebusch einfuhr. Die Dämmerung senkte sich
über die Stadt, die in der sanften Umarmung der
alten Mauern und gepflasterten Straßen lag.
Clara, eine gewöhnliche Frau mit einem
unstillbaren Durst nach neuen Abenteuern, hatte
sich entschieden, die Stadt für ein paar Tage zu
erkunden. Sie hatte das Gefühl, dass etwas
Magisches in der Luft lag, eine Erwartung, die sich
wie der erste Atemzug einer neuen Liebe
anfühlte.
Die Kneipe „Zum Schwedenkönig", mit ihrer
rustikalen Holzvertäfelung und dem
verführerischen Aroma von gebratenem Fleisch,
war der perfekte Ort, um sich zu entspannen.
Clara hatte sich mit ein paar Einheimischen
angefreundet, die mit warmem Lachen und
Geschichten von alten Zeiten an ihrem Tisch Platz
genommen hatten. Die Biere flossen, und bald
verwischten sich die Grenzen zwischen
Bekanntschaft und Freundschaft. Doch als sie
schließlich die Kneipe verließ, war die Welt
draußen dunkel und still.
Die Kühle der Nacht umhüllte sie wie ein
schützender Mantel, und die Geräusche der
Stadt fielen in eine fast hypnotische Stille. Sie
konnte das Flüstern des Windes hören, der durch
die Bäume zog, und das gelegentliche Rascheln
von Blättern unter ihren Füßen. Ihre Schritte
hallten auf dem Pflaster wider, und die Schatten

der alten Gebäude schienen sie zu beobachten, während sie durch die Straßen wanderte.

Clara machte sich auf den Weg zu ihrem Hotel, ein altes Gebäude, das in der Nähe der Ruine der Gadebuscher Burg lag. Der Mond schien hell und warf silberne Schatten auf die alten Steine, die Geschichten von Jahrhunderten erzählen konnten. Ihre Füße führten sie, ohne dass sie darüber nachdachte, auf einen Umweg – einen schmalen Weg, der in die Dunkelheit der Stadt führte.

Mit jedem Schritt spürte sie die Kühle der Nacht und hörte das Rascheln der Blätter im Wind. Doch es war nicht nur der Wind, der ihre Aufmerksamkeit erregte. Eine sanfte, fast flüsternde Stimme schien durch die Stille zu dringen, ein Hauch von etwas, das nicht ganz von dieser Welt war. Clara hielt inne, das Herz schlug ihr bis zum Hals. In der Ferne zeichnete sich die Silhouette der Burg ab, und für einen Moment dachte sie, sie könnte in den Schatten der alten Mauern einen Schatten erblicken.

Das Gefühl der Unruhe, das sie durchfuhr, wurde von einer seltsamen Anziehungskraft ersetzt. Sie wusste nicht, warum, aber die Burg schien sie zu rufen. Ihre Neugierde überwältigte ihre Furcht. Was hatte es mit diesem Ort auf sich? Was für Geheimnisse hielten die Mauern verborgen?

Clara näherte sich der Burg, die sich majestätisch und gleichzeitig unheimlich in der Dunkelheit abhob. Die hohen Mauern waren von Moos und Efeu überwuchert, und die Fensteröffnungen schienen wie leere Augen, die in die Nacht starrten. Der Gedanke, dass hier einst Leben pulsierte, während sie nun nur noch Stille und Schatten vorfand, ließ ein unbehagliches Schaudern über ihren Rücken laufen. In diesem Moment wurde ihr klar, dass sie sich nicht nur in einer neuen Stadt befand, sondern auch in einem Raum, in dem die Vergangenheit lebendig wurde.

Ein Windstoß ließ die Blätter um ihre Füße tanzen und schien Clara zu umarmen, als wollte er sie in die Geschichten und Geheimnisse der alten Mauern einweben. Sie warf einen letzten Blick auf die Burg, als sie beschloss, weiterzuziehen. Doch die Anziehungskraft war stark, und während sie sich von der Burg abwandte, spürte sie, wie ein Schatten aus der Dunkelheit sie beobachtete.

In dieser Nacht, umgeben von der Dunkelheit und dem geheimnisvollen Flüstern der Vergangenheit, ahnte Clara nicht, dass sie auf dem Weg war, mit einem Geist konfrontiert zu werden – einem Geist, der die lange Geschichte der Burg und ihrer ehemaligen Bewohner lebendig werden ließ. Sie war auf der Schwelle zu etwas, das ihr Leben für immer verändern würde.

Kapitel 2: Das geheimnisvolle Gefühl

Die Nacht war tief und still, als Clara in ihrem
Hotelzimmer lag, umgeben von der Dunkelheit
und dem leisen Rauschen der Stadt, die im Schlaf
lag. Doch während die Welt um sie herum in
einen sanften Schlaf versunken war, konnte sie
das magnetische Gefühl nicht abschütteln, das
sie in die Richtung der Burg zog. Es war, als würde
unsichtbare Kraft an ihr ziehen, eine magnetische
Anziehung, die sie zur alten Ruine rief.
Sie hatte nicht viel über die Geschichte der Burg
gewusst, als sie nach Gadebusch gekommen
war, doch jetzt, in dieser Nacht, schien die
Geschichte selbst sie zu rufen. Jedes Mal, wenn
sie die Augen schloss, sah sie die Silhouette der
Burg vor ihrem inneren Auge, die in der
Dunkelheit schimmerte, als wäre sie lebendig.
Clara wusste nicht, was es war, aber etwas an
diesem Ort fühlte sich unheimlich und vertraut
zugleich an. Es war, als würde eine vergessene
Erinnerung in ihr schlummern, die darauf wartete,
geweckt zu werden.
Entschlossen, dem nachzugeben, was sie fühlte,
beschloss Clara, noch einmal zur Burg
zurückzukehren. In der kühlen Nachtluft machte
sie sich auf den Weg, als sie plötzlich eine
Kellertür am Fuß der Burg entdeckte. Die Tür war
alt und aus schwerem Holz, ihre Oberfläche war
von der Zeit und den Elementen gezeichnet.
Clara näherte sich, ein merkwürdiges Ziehen in
ihrem Magen. Es war ein Gefühl, das sie nicht
erklären konnte – als ob etwas in den Tiefen der
Burg auf sie wartete.

Sie rüttelte an der Tür, aber sie war fest
verschlossen. Ein Gefühl der Enttäuschung
überkam sie, und sie blickte über die Dunkelheit
der Burgmauern. Das magnetische Gefühl, das
sie hierher geführt hatte, war nicht nachzulassen,
sondern schien sich nur zu intensivieren, als würde
die Burg sie einladen, tiefer in ihre Geheimnisse
einzutauchen. Doch die Tür blieb verschlossen,
und es war, als würde eine unsichtbare Grenze
sie daran hindern, das Innere zu betreten.
Mit einem letzten Blick auf die Burg wandte Clara
sich ab und machte sich wieder auf den Weg zu
ihrem Hotel. Sie fühlte sich wie ein Roboter, als sie
die Straßen entlangging – das Unterbewusstsein
war stark, doch der Verstand versuchte, den
Drang zu ignorieren. In ihrem Zimmer
angekommen, fiel sie erschöpft auf das Bett.
Kaum hatte sie die Augen geschlossen, fiel sie in
einen tiefen Schlaf. Doch die Dunkelheit wurde
bald von einer fremden Präsenz durchzogen. In
ihren Träumen erschien eine Geisterfrau,
schimmernd und geheimnisvoll. Clara fühlte sich
zu ihr hingezogen, als ob sie eine tiefere
Verbindung zu dieser Erscheinung hatte, eine
Verbindung, die jedoch jenseits ihres
Verständnisses lag. Die Frau lächelte, aber in
ihrem Blick lag eine Melancholie, die Clara nicht
fassen konnte.
Schweißgebadet wachte sie auf, das Herz
pochte wild in ihrer Brust. Das Bild der Geisterfrau
war in ihrem Geist verankert, und ein Schauer lief
ihr über den Rücken. Zitternd lag sie in ihrem Bett
und versuchte, die Vision zu verarbeiten,
während das unheimliche Gefühl der Anziehung

zur Burg nicht nachließ. Clara wusste, dass sie das Geheimnis lüften musste, das in den Schatten der Ruine lauerte – ein Geheimnis, das sie nicht loslassen wollte und das sie für immer verändern könnte.

12

Kapitel 3: Unheimliche Erscheinungen

Die Nacht nach dem schweißnassen Albtraum war unruhig und durchzogen von einem beklemmenden Gefühl. Clara wachte mehrmals auf, immer wieder mit der Geisterfrau in ihrem Kopf und dem unheimlichen Drang, mehr über die Burg und ihre Geheimnisse zu erfahren. Doch je länger sie wach lag, desto mehr spürte sie, dass etwas in ihrem Hotelzimmer nicht stimmte. Mit einem leisen Knarren öffnete sich die Tür zum Bad, als Clara sich schließlich dazu entschloss, sich etwas Frischluft zu gönnen. Der Spiegel im Bad war der erste, der ihre Aufmerksamkeit erregte. Er war alt, die Oberfläche von einem feinen Film überzogen, der es schwer machte, ihr eigenes Spiegelbild klar zu erkennen. Während sie sich näherte, fiel ihr Blick auf die Ecken des Spiegels – und plötzlich, ohne Vorwarnung, zerbrach das Glas mit einem lauten Knall.
Clara zuckte zusammen und trat zurück, das Herz raste. Wie konnte das passieren? Die Luft war kalt und still, und der Schock ließ sie frösteln. Es war, als hätte eine unsichtbare Kraft den Spiegel zum Zerspringen gebracht. Sie atmete tief ein, versuchte, die Fassung zu bewahren, doch das unheimliche Gefühl blieb.
Gerade als sie sich an das Geräusch des zerbrechenden Glases gewöhnen wollte, hörte sie ein weiteres seltsames Geräusch. Der Fernseher in der Ecke des Zimmers flackerte plötzlich auf und begann, Bilder zu zeigen. Clara wusste, dass sie das Kabel am Abend nicht in die Steckdose gesteckt hatte, und ein Gefühl der

Angst überkam sie. Sie starrte auf den Bildschirm, der mit statischen Geräuschen und flimmernden Bildern gefüllt war.

Ein kalter Schauer lief ihr über den Rücken, als sie sich erinnerte, dass der Fernseher in einem anderen Moment ihrer Nacht, als sie im Wohnzimmer war, bereits leise geflüstert hatte. Jetzt war er wieder da, und es schien, als würde die Geisterfrau, die sie im Traum gesehen hatte, durch den Fernseher zu ihr sprechen wollen.

Clara trat näher, ihr Puls pochte in ihren Ohren. Sie wagte es nicht, den Fernseher auszuschalten, aus Angst, was geschehen könnte.

In diesem Moment, als sie auf den flimmernden Bildschirm starrte, fühlte sie das Magnetfeld erneut, stärker als je zuvor. Die Geisterfrau, die sie in ihren Träumen gesehen hatte, schien sie zu rufen, als wäre sie nicht mehr nur eine Erscheinung in ihrem Unterbewusstsein. Es war, als hätte Clara eine Verbindung zu dieser unheimlichen Präsenz hergestellt, und sie spürte, dass die Antworten, die sie suchte, in den Schatten der Burg auf sie warteten.

Plötzlich hörte sie ein weiteres Geräusch – ein dumpfes Klopfen, das aus der Richtung der Kellertür kam. Das Klopfen war rhythmisch, als würde jemand oder etwas sie auffordern, zu kommen. Clara zögerte, kämpfte mit dem Drang, die Tür zu öffnen und dem Geheimnis zu folgen, das sie unaufhörlich anzog.

Sie konnte nicht länger widerstehen. Mit einem letzten Blick auf den flimmernden Fernseher und dem zerbrochenen Spiegel im Bad machte sie sich auf den Weg zur Kellertür, die in der

Dunkelheit auf sie wartete. Was auch immer dort lauerte, sie wusste, dass sie sich der Gefahr stellen musste – und die Antwort auf die unheimlichen Ereignisse in dieser Nacht zu finden.

15

Kapitel 4: Die Schatten der Burg

Die Kellertür öffnete sich mit einem leisen Knarren, und Clara trat vorsichtig in den düsteren Raum. Der Geruch von feuchtem Stein und verstaubtem Holz umhüllte sie wie ein schwerer Mantel. Während sie sich umblickte, schien die Dunkelheit sie zu umarmen, und das flackernde Licht ihres Handys warf gespenstische Schatten an die Wände.

Sie folgte dem dumpfen Klopfen, das sie hierher geführt hatte. Der kleine Keller war voll mit alten, verstaubten Kisten, die längst vergessen schienen. Es war, als hätte die Zeit in diesem Raum Halt gemacht. Clara spürte ein unheimliches Gefühl, das sich in ihrem Magen zusammenzog – eine Mischung aus Angst und Aufregung. Jedes Geräusch, das sie machte, hallte in der stillen Dunkelheit wider.

Plötzlich fiel ihr Blick auf einen runden Tisch in der Mitte des Raumes. Darauf lagen mehrere Buchseiten, die in einer alten, fast vergilbten Schrift beschrieben waren. Clara näherte sich, und ihre Neugier überwältigte ihre Furcht. Was mochten diese Seiten enthüllen? Die Aufzeichnungen schienen mit geheimen Ritualen und Geschichten von verlorenen Seelen gefüllt zu sein.

Gerade als sie eine der Seiten berühren wollte, hörte sie hinter sich ein lautes Quietschen. Clara drehte sich abrupt um und sah, wie die Kellertür sich wie von selbst schloss. Ein Schauer lief ihr über den Rücken. Der Raum schien sich um sie herum zu verdichten, und die Luft wurde schwer

und stickig. Das Klopfen hatte aufgehört, aber
eine unheimliche Stille war eingetreten.
Clara wandte sich wieder dem Tisch zu und sah,
dass eine der Kerzen, die zuvor brannte, nun zu
flackern begann. Es war, als ob eine unsichtbare
Hand die Flamme beeinflusste, und plötzlich
erleuchtete der Raum in einem gespenstischen
Licht. In diesem Moment spürte sie die Präsenz
der Geisterfrau, die sie in ihren Träumen gesehen
hatte. Clara konnte sie fast hinter sich fühlen, ein
Hauch von Kälte, der durch den Raum schwebte.
In ihrer Vorstellung formte sich die Figur, die im
Schatten lauert. Die Geisterfrau erschien in ihrer
vollen Pracht und doch in einem Zustand der
Traurigkeit. Sie schien um etwas zu bitten, das
Clara nicht ganz verstehen konnte. Das Gefühl,
das sie an den Rand der Burg gezogen hatte,
wurde stärker, und Clara wusste, dass sie handeln
musste.
Sie griff nach einer der Seiten, und als sie sie
aufschlug, las sie von einem alten Ritual, das in
der Nacht des Vollmonds durchgeführt werden
musste. Es war ein Ruf an die Geister, um die
Seelen zu befreien, die in der Dunkelheit
gefangen waren. Clara wusste, dass dies der
Schlüssel war – die Antwort auf die Geheimnisse,
die die Burg umgaben.
Mit einer plötzlichen Entschlossenheit drehte sie
sich um und trat durch die Kellertür, die sich
überraschend wieder öffnete. Sie war fest
entschlossen, alles herauszufinden. Die Stadt
Gadebusch, die sie so schnell in ihr Herz
geschlossen hatte, schien ihr nun wie ein

lebendiger Organismus, der sie mit seinen Geheimnissen durchdrang.

Auf dem Weg zurück in ihr Hotel spürte Clara, wie die Geschichte der Stadt in ihren Adern pulsierte. Es war nicht nur eine einfache Kleinstadt; es war ein Ort voller Mythen, verlorener Seelen und unentdeckter Geheimnisse. Die Verbindung zwischen der Burg und der Stadt wurde immer klarer. Clara war nicht nur ein Besucher; sie war Teil von etwas Größerem.

Die Nacht war erneut herein gebrochen, und das Gefühl der Dringlichkeit trieb sie voran. Sie musste sich auf das Ritual vorbereiten, und der nächste Vollmond stand kurz bevor. Es war Zeit, die Schatten der Vergangenheit zu konfrontieren und die Geheimnisse zu lüften, die in der Dunkelheit lauerten.

So bereitete sich Clara darauf vor, die Geister zu rufen, die in den Mauern der Burg gefangen waren. Ihr Herz pochte, als sie in ihr Hotelzimmer zurückkehrte. Ein neuer Entschluss war gefasst, und das Geheimnis von Gadebusch hatte begonnen, sich zu entfalten.

Kapitel 5: Der Ruf der Geister

Die Nacht des Vollmonds war hereingebrochen,
und Clara saß in ihrem Hotelzimmer, umgeben
von den Buchseiten und den Schatten der Stadt.
Der Mondschein drang durch das Fenster und ließ
das Zimmer in einem silbrigen Licht erstrahlen.
Doch trotz des schönen Anblicks war Clara alles
andere als entspannt. Das Gefühl, dass sie
beobachtet wurde, war zurückgekehrt und
schien stärker zu sein als je zuvor.
Sie nahm sich die Seiten zur Hand, auf denen das
Ritual beschrieben war, das sie durchführen
wollte. Die Worte schienen sie zu rufen, als wären
sie lebendig, und das Bedürfnis, den Geistern zu
helfen, brannte in ihr. Clara war entschlossen, die
verloren gegangenen Seelen zu befreien. Die
Verbindung zur Geisterfrau und den anderen
Erscheinungen war stark, und sie wusste, dass ihre
Zeit gekommen war.
Mit einem tiefen Atemzug machte sie sich auf
den Weg zur Burg. Der Weg dorthin war durch
den Mondschein erleuchtet, und die Stille der
Nacht fühlte sich fast erdrückend an. Die Stadt
schlief, aber in Clara tobte ein Sturm aus Angst
und Vorfreude. Was würde sie erwarten, wenn sie
die Burg betrat? Würde sie die Antworten finden,
die sie suchte?
Als sie die Burg erreichte, waren die Mauern in
das kühle Licht des Mondes gehüllt. Clara fühlte
sich klein und unbedeutend angesichts der
jahrhundertealten Steine, die um sie herum
standen. Das Gefühl der Anziehung, das sie
verspürt hatte, war jetzt überwältigend, als ob die

Burg sie in ihren Bann zog. Mit festem Schritt
näherte sie sich dem Eingang, die gebrochenen
Steine knarrten unter ihrem Gewicht.
Im Inneren war es kühl und still. Clara zündete
eine Kerze an, die sie mitgebracht hatte, und das
flackernde Licht tauchte den Raum in ein
warmes Glühen. Die Geisterfrau schien zu
erscheinen, ihre Silhouette formte sich im
Halbdunkel. Clara spürte eine Welle der
Bestimmtheit, als sie die Stimme der Frau
vernahm, die so vertraut und doch so fern klang.
„Du hast den Mut, hierher zu kommen," flüsterte
die Geisterfrau, ihre Augen leuchteten im
Kerzenlicht. „Du bist bereit, das Ritual
durchzuführen, um uns zu befreien."
„Ich bin bereit," antwortete Clara und ließ die
Buchseiten auf den Tisch gleiten. „Ich will wissen,
was geschehen ist und wie ich helfen kann."
Die Geisterfrau nickte, und Clara spürte, wie eine
Verbindung zwischen ihnen entstand, ein
unsichtbares Band, das sie miteinander
verknüpfte. „Folge mir," sagte die Frau und führte
Clara zu einer alten, verstaubten Kiste in der Ecke
des Raumes. „Hier sind die Relikte unserer
Vergangenheit. Sie müssen aktiviert werden, um
das Ritual zu vervollständigen."
Clara öffnete die Kiste, und ein feiner Staub
wirbelte in die Luft. In der Kiste lagen
verschiedene Gegenstände – eine vergilbte
Feder, ein alter Schlüssel und ein kleiner,
abgenutzter Spiegel. „Jeder dieser Gegenstände
hat eine Geschichte," erklärte die Geisterfrau.
„Sie sind Teil des Rituals, um die Seelen zu
befreien."

Clara nahm die Feder in die Hand und spürte,
wie eine Welle von Emotionen sie überkam.
Erinnerungen, die nicht ihre eigenen waren,
drängten sich in ihren Geist. Sie sah Bilder von
vergangenen Zeiten – von Menschen, die in der
Burg gelebt hatten, von Festen und
Feierlichkeiten, aber auch von Trauer und Verlust.
„Diese Relikte müssen an die richtigen Stellen in
der Burg gebracht werden," sagte die
Geisterfrau. „Nur dann können wir Frieden
finden."
Clara fühlte, wie die Verantwortung schwer auf
ihr lastete. „Wo soll ich beginnen?" fragte sie,
während ihr Herz schneller schlug.
„Die Feder muss in die Kapelle gebracht werden,
der Schlüssel zur Tür des Geheimnisses, und der
Spiegel muss dort platziert werden, wo der Mond
die Schatten tanzen lässt," antwortete die
Geisterfrau mit einer Stimme, die von der
Erinnerung an Vergangenes durchzogen war.
Mit einem festen Entschluss nahm Clara die
Gegenstände und machte sich auf den Weg zur
Kapelle der Burg. Der Raum war alt und mit
Schatten gefüllt, als sie eintrat. Das Licht der Kerze
flackerte und erzeugte bewegte Muster an den
Wänden, die die Geschichte der Burg
widerzuspiegeln schienen. Clara spürte die
Energie im Raum und wusste, dass sie an einem
Wendepunkt war.
Sie legte die Feder behutsam auf den Altar, und
als sie das tat, erfüllte ein warmer Lichtschein den
Raum. Ein Gefühl von Frieden durchströmte sie,
und die Geisterfrau schien vor Freude zu lächeln.
Doch die Aufgabe war noch nicht beendet, und

Clara wusste, dass der Schlüssel und der Spiegel
ebenfalls ihren Platz finden mussten.
Der Schlüssel führte sie zur geheimen Tür der Burg,
die schwer und aus massivem Holz war. Clara
hielt inne, als sie den Schlüssel in der Hand hielt.
Ein leises Klicken ertönte, als sie das Schloss
öffnete, und die Tür gab nach, um einen dunklen
Raum zu enthüllen, der von alten Geheimnissen
durchzogen war.
Hier würde die Entscheidung getroffen werden –
die Entscheidung, die das Schicksal der Seelen
bestimmen würde. Clara war bereit, und mit dem
Mut, den sie in sich gefunden hatte, betrat sie
den Raum, in dem die Schatten der
Vergangenheit lebendig wurden.

Kapitel 6: Das Geheimnis des Raumes

Der Raum hinter der schweren Tür war in
Dunkelheit gehüllt, und Clara fühlte, wie eine
kalte Brise ihr entgegenströmte. Mit zitternden
Händen hielt sie die Kerze hoch, und der
flackernde Lichtschein enthüllte eine verstaubte
Kammer voller vergessener Relikte. Überall lagen
alte Möbel, bedeckt mit Tüchern, die wie Geister
der Vergangenheit wirkten. Es war, als wäre die
Zeit in diesem Raum stehen geblieben.
Clara trat vorsichtig ein, das Gefühl, beobachtet
zu werden, verstärkte sich. In der Ecke des
Raumes stand ein großer, verrosteter
Schlüsselbund, der an einer Wand hing. Die
Geisterfrau hatte gesagt, dass der Schlüssel zur
Tür des Geheimnisses hier war. Clara näherte sich
und spürte eine seltsame Anziehungskraft zu dem
Schlüsselbund.
Als sie ihn in die Hand nahm, durchfuhr sie ein
Schauer. Der Schlüssel fühlte sich schwer und kalt
an, als ob er die Last der vergangenen
Jahrhunderte trug. Es war kein gewöhnlicher
Schlüssel; er war ein Tor zu den Geheimnissen, die
in der Burg verborgen lagen. Clara wusste, dass
sie den Schlüssel verwenden musste, um die
letzte Etappe ihres Rituals zu vollenden.
Mit dem Schlüssel in der Hand ging sie tiefer in
den Raum. Auf einem alten Tisch lag eine Karte
der Burg, die mit geheimen Räumen und
versteckten Pfaden markiert war. Clara studierte
die Karte und fand einen Hinweis auf einen
Raum, der als „Die Kammer der Seelen"
bezeichnet wurde. Diese Kammer musste der Ort

sein, an dem die Seelen gefangen waren. Ein Drang verspürte sie, sofort dorthin zu gehen. Doch bevor sie aufbrechen konnte, ertönte ein lautes Geräusch hinter ihr. Clara drehte sich erschrocken um. Die Tür, durch die sie gekommen war, war mit einem lauten Knall zugeschlagen worden. Panik stieg in ihr auf, und sie fragte sich, ob die Geister, die sie herbeigerufen hatte, nun nicht mehr zurückweichen würden.

Mit einem tiefen Atemzug konzentrierte sie sich und erinnerte sich an die Worte der Geisterfrau. „Du hast die Macht, sie zu befreien." Clara wusste, dass sie nicht aufgeben durfte. Sie wandte sich der Karte zu und folgte dem gewundenen Pfad, der zur Kammer der Seelen führte.

Die Korridore der Burg waren düster und verworren. Jeder Schritt hallte in der Stille wider, und Clara fühlte sich, als würde die Dunkelheit sie umschlingen. Doch je näher sie der Kammer kam, desto klarer wurde ihr Ziel. Es war, als würde die Burg sie auf die Probe stellen, um zu sehen, ob sie bereit war, die Wahrheit zu entdecken.

Endlich erreichte sie eine massive Holzlattenwand, an deren Seite ein geheimnisvoller, eindrucksvoller Torbogen stand. Der Schlüssel in ihrer Hand begann zu warmen, als würde er auf das, was vor ihr lag, reagieren. Clara steckte den Schlüssel ins Schloss, und mit einem leisen Klick öffnete sich die Tür.

Die Kammer der Seelen war ein kleiner, dunkler Raum, gefüllt mit einer unheimlichen Stille. Clara trat ein und erblickte die gefangenen Geister, die in der Ecke standen. Ihre Gesichter waren blass, ihre Augen schimmerten im Halbdunkel. Sie schienen Clara zu erkennen und sich um sie zu versammeln, als sie in die Kammer trat.

„Du hast uns gefunden," flüsterte einer der Geister, seine Stimme klang wie das Rascheln von trockenen Blättern. „Wir haben auf dich gewartet, um uns von diesem Fluch zu befreien." Clara spürte den Druck in ihrer Brust steigen. Die Seelen hatten einen Blick der Hoffnung in ihren Augen, und sie wusste, dass sie die letzte Etappe des Rituals vollenden musste. Sie holte die Buchseiten hervor und las die Worte, die sie zuvor gelernt hatte. Die Luft um sie herum begann zu flimmern, und die Geister traten näher.

„Wir sind gefangen in der Dunkelheit dieser Burg, durch die Taten derer, die uns verraten haben," erklärte ein anderer Geist. „Du musst uns helfen, die Schatten zu vertreiben und die Wahrheit ans Licht zu bringen."

Clara las laut die Formeln, die sie aufgeschrieben hatte. Die Dunkelheit um sie begann sich zu verändern, und ein Lichtstrahl durchbrach die Stille. Es war, als würden die Seelen durch ihr Licht erleuchtet, und die Verbindung zwischen Clara und den Geistern wurde stärker.

„Helft uns!" rief sie und spürte, wie eine Welle von Energie durch sie hindurch strömte. Die Schatten, die die Kammer gefüllt hatten, begannen sich zurückzuziehen, und das Licht breitete sich aus. Clara wusste, dass sie kurz davor war, die Seelen zu befreien.

Doch das Licht wurde von einem tiefen, unheimlichen Grollen unterbrochen. Die Burg

begann zu vibrieren, als ob sie gegen die Kräfte ankämpfen würde, die Clara entfesselt hatte. Die Wände der Kammer zitterten, und ein Gefühl von Gefahr überkam sie. Clara wusste, dass sie jetzt handeln musste, um die Seelen zu retten und sich der Dunkelheit zu stellen, die sie umgeben hatte. Mit aller Kraft in ihrem Herzen und dem Wissen, dass das Schicksal der Geister von ihr abhing, trat sie vor und rief mit aller Kraft: „Seelen der Burg, befreit euch! Lasst das Licht in eure Herzen!"
Die Antwort kam in Form eines gewaltigen Lichtstrahls, der den Raum durchflutete. Clara spürte, wie sich die Energie intensivierte, als die Geister um sie herum zu schweben begannen. Es war der Moment der Wahrheit – und sie wusste, dass die Geister nicht die Einzigen waren, die befreit werden mussten. Die Dunkelheit der Burg würde nicht aufgeben, und sie war bereit, das Geheimnis zu lüften, egal welche Herausforderung ihr bevorstand.

Kapitel 7: Der Kampf gegen die Dunkelheit

Das Licht, das Clara entfesselt hatte, erstrahlte in voller Pracht und erhellte die Kammer der Seelen. Die Geister um sie herum schwebten und woben sich in einem Tanz, der das Zusammenwirken ihrer Energien symbolisierte. Clara spürte, wie die Kraft des Lichts die Dunkelheit zurückdrängte, doch das unheimliche Grollen der Burg kündigte an, dass der Kampf noch lange nicht gewonnen war. Die Schatten begannen, sich gegen das Licht zu wehren. Sie wuchsen und formten sich zu grotesken Gestalten, die wie verzerrte Abbilder der Geister erschienen, die Clara gerade zu befreien versuchte. Die Wände der Kammer pulsieren mit einer bedrohlichen Energie, und Clara fühlte, wie der Raum um sie herum zu zerbersten drohte.

„Kämpft mit mir!" rief sie den Geistern zu, und in diesem Moment spürte sie eine unbeschreibliche Verbindung zu ihnen. Sie konnte ihre Ängste, ihre Hoffnungen und ihre verzweifelte Sehnsucht nach Freiheit in ihrem Herzen fühlen. Clara wusste, dass sie gemeinsam stark genug waren, um die Dunkelheit zu besiegen.

Sie nahm den alten Schlüssel und hielt ihn in die Höhe, als ob er ein Lichtstrahl selbst wäre. „Ich beschwöre die Kraft der Vergangenheit! Ich beschwöre das Licht, um euch zu befreien!" Die Geister um sie herum schienen sich zu konzentrieren, und das Licht wuchs intensiver. Clara las die Worte des Rituals, die sie auf den alten Seiten gefunden hatte, laut und mit voller Überzeugung. „Durch die Dunkelheit, durch die

Ketten der Zeit, befreie ich die Seelen, die hier gefangen sind!"
Das Licht pulsierte und schlug wie Wellen gegen die Schatten. Clara spürte, wie die Dunkelheit zurückwich, als die Geister um sie herum in einem strahlenden Wirbel aufstiegen. Sie sah, wie die verzerrten Gestalten der Schatten zu zerfallen begannen, die in der Dunkelheit gefangen waren.
Doch dann geschah das Unvorhergesehene: Aus der Dunkelheit trat eine Gestalt hervor, eine dunkle Erscheinung, die größer und bedrohlicher war als alle anderen. Es war der Geist eines Verräters, der die Burg einst in Dunkelheit gestürzt hatte. Clara fühlte, wie die Furcht in ihr aufstieg, als die Gestalt sie anstarrte, ihre Augen wie schwarze Löcher.
„Du bist nicht stark genug, um uns zu besiegen," dröhnte die Stimme des Verräters, und die Wände der Kammer erbebten. „Die Seelen werden für immer meine sein."
Clara konnte die Entmutigung nicht zulassen. Sie wusste, dass der Verräter eine Verbindung zur Burg hatte, und sie musste diese Verbindung durchbrechen. „Du bist nicht der Herr über die Dunkelheit! Die Seelen gehören nicht dir!" rief sie, und ihr eigenes Licht erstrahlte in einem letzten, verzweifelten Versuch.
Die Geister um sie herum formten sich zu einer Einheit, und das Licht wurde intensiver. Sie fühlten die Welle der Energie, die Clara entfesselt hatte, und sie begannen, den Verräter zurückzudrängen. Clara spürte, wie ihre Kraft

wuchs, und sie wusste, dass die Zeit gekommen
war, den letzten Schritt zu tun.
Sie schloss die Augen und konzentrierte sich auf
die Verbindung zu den Seelen. „Gemeinsam sind
wir stark! Gemeinsam brechen wir die Ketten der
Dunkelheit!" rief sie, und in diesem Moment
wurde der Raum von einem grellen Licht
durchflutet.
Die Dunkelheit begann zu weichen, und der Geist
des Verräters schrie vor Wut. Clara fühlte, wie die
Geister sich hinter ihr versammelten und ihre Kraft
mit ihr teilten. Es war, als ob sie alle zusammen
einen einzigen, strahlenden Lichtstrahl bildeten,
der durch die Dunkelheit schnitt.
Mit einem letzten Aufschrei schloss Clara den
Kreis um den Verräter und rief die Worte des
Rituals erneut. Das Licht erfasste die dunkle
Gestalt, und der Raum explodierte förmlich in
einem Spektakel aus Licht und Schatten. Die
Schatten zerfielen in Nichts, und der Raum wurde
still.
Clara öffnete die Augen, und das Licht war
verschwunden. Die Kammer war leer, die Geister
waren frei. Sie hatte es geschafft. Der Verräter
war besiegt, und die Seelen waren erlöst. Clara
fühlte sich plötzlich leicht, als ob eine riesige Last
von ihren Schultern genommen worden wäre.
Doch als sie die Kammer verließ, hatte sie das
Gefühl, dass die Dunkelheit noch nicht ganz
verschwunden war. Gadebusch, die Burg und
die Geheimnisse, die sie umgaben, würden für
immer Teil von ihr bleiben. Und obwohl sie den
ersten Schritt in die Freiheit gemacht hatte,
wusste sie, dass die Stadt noch viele weitere

Geschichten zu erzählen hatte – Geschichten,
die darauf warteten, entdeckt zu werden.

30

Kapitel 7: Die Erweckung der Geheimnisse

Clara trat aus der Kammer der Seelen, und die frische Nachtluft umhüllte sie wie ein beruhigender Mantel. Das Gefühl der Erleichterung war überwältigend, doch in ihrem Herzen wusste sie, dass die Dunkelheit, die sie bekämpft hatte, nicht vollständig verschwunden war. Gadebusch hatte viele Geheimnisse, und während sie die Burg hinter sich ließ, spürte sie, dass die Stadt noch mehr von ihrer Geschichte preisgeben würde.

Als sie die Stufen hinunterstieg, leuchtete der Vollmond hell am Himmel. Seine Strahlen fielen durch die dichten Äste der alten Bäume und schafften ein schimmerndes Muster auf dem Boden. Clara hielt kurz inne, um die Stille der Nacht zu genießen, die jetzt, da die Geister befreit waren, viel friedlicher erschien. Doch dann hörte sie ein leises Flüstern, das aus der Dunkelheit zu kommen schien.

Sie folgte dem Geräusch, das wie ein sanfter Wind klang, und fand sich bald in der Nähe des Stadtzentrums wieder. Die Straßen waren still, und die Schatten der Häuser schienen Geschichten aus der Vergangenheit zu erzählen. Clara hatte das Gefühl, dass die Stadt lebte – sie konnte die Energien der Geister spüren, die sich nun in der Luft bewegten.

Plötzlich fiel ihr Blick auf ein altes, verlassenes Gebäude am Ende der Straße. Es war ein früherer Gasthof, der jetzt in Vergessenheit geraten war. Erinnerungen daran, dass die Stadt einst ein blühendes Handelszentrum war, schossen ihr durch den Kopf. Vielleicht waren hier Geschichten verborgen, die darauf warteten, erzählt zu werden.

Neugierig näherte sie sich dem Gebäude. Die Tür war zwar beschädigt, aber nicht verschlossen. Mit einem leichten Stoß öffnete sie die Tür, und ein stechender Geruch von Moder und Staub schlug ihr entgegen. Clara trat ein, und der schwache Lichtschein ihres Handys beleuchtete die verwitterten Möbel und die bröckelnden Wände. Während sie den Raum durchstreifte, bemerkte sie, dass an den Wänden alte Porträts hingen. Die Gesichter der abgebildeten Menschen schienen sie aus ihren Rahmen heraus anzustarren. Es war, als ob diese alten Seelen ebenfalls etwas von Clara wollten. Ihre Blicke waren voller Trauer und unerzählter Geschichten, und sie fühlte, dass jeder dieser Menschen ein Teil der Geschichte von Gadebusch war.

Plötzlich hörte sie ein leises Klopfen – es kam von oben. Clara hielt den Atem an und lauschte. Das Geräusch wiederholte sich, und ein Schauer lief ihr über den Rücken. War es ein Geist, der um Hilfe bat, oder vielleicht jemand, der in der Vergangenheit gefangen war? Ihr Mut wuchs, und sie entschied sich, nach oben zu gehen.

Die Treppe knarrte unter ihren Füßen, als sie sie hinaufstieg. Das Licht ihrer Lampe schuf gespenstische Schatten an den Wänden. Oben angekommen, fand sie sich in einem langen, dunklen Flur wieder. Das Klopfen war jetzt deutlicher geworden, und Clara folgte dem Geräusch, das sie zu einer Tür führte, die leicht angelehnt war.

Mit einem leichten Schubs öffnete sie die Tür und trat in einen kleinen Raum ein. Das Licht fiel auf einen Tisch, der mit alten Dokumenten bedeckt war. In der Ecke stand ein großes Bücherregal, das mit Büchern vollgestopft war – allesamt mit Staub bedeckt, als hätten sie seit Jahren niemanden mehr gesehen.

Clara fühlte, dass sie auf etwas Bedeutendes gestoßen war. Sie trat näher an den Tisch heran und begann, die Dokumente zu durchsehen. Die Seiten waren vergilbt, und die Schrift war in einer alten, eleganten Handschrift verfasst. Es waren Aufzeichnungen von Handelsgeschäften, Geschichten über die Stadt und ihre Bewohner, aber auch über dunkle Ereignisse, die in den Schatten der Burg stattfanden.

Eines der Dokumente stach besonders hervor – es handelte sich um einen Bericht über einen geheimen Kult, der in der Stadt aktiv war. Clara las gebannt, während sie die schockierenden Details entdeckte. Die Mitglieder hatten Rituale durchgeführt, um Macht zu erlangen, und es war klar, dass ihre dunklen Praktiken zur Trauer und zum Leid vieler Menschen geführt hatten.

Je mehr sie las, desto klarer wurde ihr, dass die Ereignisse, die in der Burg stattgefunden hatten, nicht isoliert waren. Die Dunkelheit, die sie besiegt hatte, war ein Teil einer viel größeren Geschichte, die die Stadt selbst durchzogen hatte. Clara spürte, wie sich die Puzzlestücke zusammenfügten – die Burg, die Geister, der geheimnisvolle Kult.

Das Klopfen war jetzt verstummt, und die Stille im Raum fühlte sich schwer und bedeutungsvoll an.

Clara wusste, dass sie sich auf eine gefährliche
Reise begab, um die Wahrheit zu entdecken, die
sich hinter diesen Schatten verbarg. Sie konnte
die Verbindungen zwischen der Vergangenheit
und ihrer eigenen Gegenwart spüren, und der
Drang, die Geheimnisse von Gadebusch
vollständig zu enthüllen, wurde übermächtig.
Mit dem Wissen, dass es noch viele ungelöste
Fragen gab, machte sie sich auf den Rückweg
zum Hotel. Das Licht des Mondes führte sie
zurück, während sie an die Geister dachte, die sie
befreit hatte, und an die, die noch immer im
Verborgenen lebten. Die Burg hatte ihr
Geheimnisse anvertraut, und Clara war fest
entschlossen, die Dunkelheit ein für alle Mal zu
vertreiben.

Kapitel 8: Die Schatten der Vergangenheit

Die Straßen von Gadebusch schimmerten im Mondlicht, als Clara in ihr Hotelzimmer zurückkehrte. Die Aufzeichnungen, die sie über den geheimen Kult und die dunkle Vergangenheit der Stadt entdeckt hatte, brannten in ihrem Gedächtnis. Es war, als wäre sie in einen Strudel aus Geschichten und Geheimnissen gezogen worden, der sie nicht mehr loslassen wollte.
Sie ließ sich auf das Bett fallen, das sanfte Rauschen des Windes, das durch das offene Fenster strömte, schien sie zu beruhigen. Doch der Frieden war trügerisch. Immer wieder tauchten Bilder der Geisterfrau und der dunklen Schatten, die in der Burg gefangen waren, in ihrem Kopf auf. Clara wusste, dass sie den nächsten Schritt machen musste, um die Geheimnisse zu entschlüsseln, die die Stadt umgaben.
Die Aufzeichnungen hatten erwähnt, dass der Kult in einer alten Versammlungshalle aktiv war, die sich am Rande der Stadt befand. Der Gedanke an diesen geheimen Ort ließ Clara frösteln. Was, wenn die Mitglieder des Kults noch immer in der Stadt waren? Was, wenn sie die Dunkelheit, die sie bekämpfen wollte, beschützen würden?
Am nächsten Morgen beschloss Clara, die Versammlungshalle zu finden. Sie machte sich früh auf den Weg, als der Nebel noch über den Straßen lag und die Stadt in eine geheimnisvolle Aura hüllte. Das Gefühl, dass sie beobachtet

wurde, blieb bestehen, als sie durch die leeren
Gassen ging, aber es war jetzt eine Mischung aus
Nervosität und Entschlossenheit.
Die Versammlungshalle war ein altes, imposantes
Gebäude, das am Rand eines kleinen Waldes
lag. Es war umgeben von hohen Bäumen, deren
Äste wie schützende Arme in die Höhe ragten.
Clara hielt an, um das Gebäude zu betrachten.
Es war so, als würde die Zeit hier stillstehen. Die
Wände waren von Efeu bewachsen, und die
Fenster waren mit schmutzigen Vorhängen
verhängt, die das Innere in Dunkelheit hüllten.
Mit einem tiefen Atemzug trat sie näher und
öffnete die schwere Tür. Ein leises Quietschen
erfüllte den Raum, als sie eintrat. Der Geruch von
feuchtem Holz und Staub war überwältigend. Im
Inneren war es dunkel, und die Luft fühlte sich
schwer an, als ob sie voller Geheimnisse steckte.
Clara tastete sich durch den Raum und
entdeckte eine kleine Bühne, die offensichtlich
für die Rituale des Kults genutzt worden war. Auf
dem Boden lagen Reste von Kerzen und alten
Symbolen, die sie aus den Aufzeichnungen
kannte. Es war der Ort, an dem die dunklen
Praktiken stattgefunden hatten, die die Seelen in
der Burg gefangen hielten.
Plötzlich hörte sie ein Geräusch hinter sich. Clara
drehte sich um und sah eine Gestalt im Schatten
stehen. Das Herz klopfte ihr bis zum Hals. „Wer ist
da?" rief sie und versuchte, ihre Stimme fest
klingen zu lassen.
Die Gestalt trat aus dem Schatten, und Clara
erkannte, dass es sich um einen älteren Mann
handelte, der in abgetragenen Kleidern steckte.

Sein Gesicht war von tiefen Falten geprägt, und seine Augen schienen die Last der Jahre zu tragen. „Du bist mutig, junge Frau," sagte er mit heiserer Stimme. „Aber das, was du suchst, kann gefährlich sein."

„Ich suche die Wahrheit über die Dunkelheit in dieser Stadt," antwortete Clara, entschlossen, nicht vor dem Unbekannten zurückzuweichen. „Ich weiß, dass es Geheimnisse gibt, die ans Licht gebracht werden müssen."

Der Mann nickte langsam. „Die Dunkelheit hat viele Gesichter, und die Stadt hat ihre eigene Geschichte. Die Geister der Vergangenheit sind in diesem Ort gefangen, und nur wenige wissen, wie man sie befreit."

Clara war erstaunt. „Was wissen Sie darüber? Können Sie mir helfen?"

„Ich kann dir Geschichten erzählen, die du hören musst. Aber sei gewarnt, die Wahrheit kann schmerzhaft sein." Der Mann führte sie zu einer alten Bank in der Ecke des Raumes, und Clara setzte sich, während er neben ihr Platz nahm.

„Die Legende erzählt von einem Pakt, den die Stadt mit den dunklen Kräften geschlossen hat. Der Kult, dem ich einst angehörte, glaubte, dass sie Macht durch das Blut derer erlangen könnten, die gefangen waren. Es war ein Fehler, und viele von uns wurden dafür bestraft," begann er.

Clara lauschte gebannt, während der Mann die Geschichte des Kults erzählte. Von den dunklen Ritualen, die sie durchgeführt hatten, und den Seelen, die sie gefangen hielten. „Die Burg ist das Herzstück dieser Dunkelheit. Sie haben das Gleichgewicht zwischen Licht und Schatten gestört. Aber du, junge Frau, hast die Kraft, dies zu ändern."

„Wie kann ich helfen?" fragte Clara, der Entschluss in ihrer Stimme wurde stärker.

„Du musst das Ritual vollständig durchführen. Es gibt drei Relikte, die du finden musst, um den Fluss der Seelen zu öffnen. Nur dann kannst du die Dunkelheit vertreiben und die Seelen befreien. Das wird ein gefährlicher Weg, aber du musst es tun."

Der Mann lehnte sich zurück und sah sie eindringlich an. „Es gibt eine alte Legende über einen weiteren Schlüssel, der in den Tiefen des Waldes versteckt ist. Nur mit diesem Schlüssel kannst du das Tor zur Kammer der Dunkelheit öffnen. Es ist ein Ort, an dem die Macht des Kults ihren Ursprung hat."

Clara fühlte, wie das Adrenalin durch ihren Körper strömte. „Wo finde ich diesen Schlüssel?"

„Folge dem Fluss, der durch den Wald fließt. An seinem Ende findest du einen alten Baum mit einem verwachsenen Stamm. Der Schlüssel ist dort verborgen, in einem kleinen Raum, der von der Natur versteckt ist. Doch sei vorsichtig. Die Dunkelheit wird versuchen, dich aufzuhalten."

Mit diesen Worten stand Clara auf, das Gefühl der Entschlossenheit durchströmte sie. Sie wusste, dass die Zeit drängte, und sie war bereit, sich der Dunkelheit zu stellen, um das Geheimnis von Gadebusch zu lüften und die Seelen zu befreien. Die Stadt hatte ihr ein neues Abenteuer präsentiert, und Clara war bereit, die Herausforderung anzunehmen. Sie verließ die Versammlungshalle mit einem klaren Ziel vor

Augen – den Schlüssel zu finden und das Ritual zu vervollständigen, um die Vergangenheit zu heilen und die Dunkelheit ein für alle Mal zu vertreiben.

Kapitel 9: Der Schlüssel zum Schatten

Clara erwachte früh am Morgen, der Sonnenaufgang malte den Himmel in sanften Pastellfarben. Sie fühlte sich erfrischt, aber der Gedanke an die bevorstehende Herausforderung, den Schlüssel zu finden, schwebte über ihr wie eine dunkle Wolke. Mit neuer Entschlossenheit machte sie sich auf den Weg in den nahegelegenen Wald, der das Geheimnis umhüllte, das sie lösen musste.
Der Weg zum Fluss war schmal und von hohen Bäumen gesäumt, deren Äste wie alte Wachen über sie wachten. Clara folgte dem Geräusch des plätschernden Wassers, das durch den Wald strömte. Die Natur war um sie herum lebendig, und während sie weiterging, wurde ihr bewusst, dass die Dunkelheit, die sie suchte, nicht nur eine physische Präsenz war, sondern auch etwas, das tief in den Herzen der Menschen verwurzelt war.
Am Ufer des Flusses angekommen, beobachtete Clara das Wasser, das glitzernd und einladend in der Morgensonne schimmerte. Doch sie wusste, dass es nicht nur um die Schönheit des Ortes ging. Die Legende sprach von einem verwachsenen Baum am Ende des Flusses, und dieser Baum war der Schlüssel zu dem, was sie suchte.
Sie folgte dem Flusslauf, die frische Brise brachte den Duft von feuchtem Laub und Erde mit sich. Nach einigen Minuten des Wanderns sah sie den Baum, von dem die Legende gesprochen hatte. Er war riesig, seine Wurzeln schlangen sich wie

dicke Schlangen über den Boden, und die Äste
schienen in den Himmel zu greifen.
Clara näherte sich dem Baum und fühlte eine
seltsame Energie, die von ihm ausging. Die Rinde
war rau und knorrig, und in der Mitte des
Stammes entdeckte sie eine kleine Vertiefung,
die wie ein geheimer Ort wirkte. Sie kniete sich hin
und begann, die Erde rund um den Baum zu
durchsuchen, als ob sie nach einem versteckten
Schatz suchen würde.
Plötzlich stieß sie auf einen kleinen, rostigen
Schlüssel, der in der Erde vergraben war. Er war
nicht viel größer als ihre Handfläche, und
während sie ihn berührte, durchfuhr sie ein
Schauer. Es war, als ob der Schlüssel selbst
lebendig wäre, als ob er auf die Macht der
Dunkelheit reagierte.
Mit dem Schlüssel in der Hand fühlte Clara sich
gestärkt, als würde er ihr die Kraft geben, die sie
brauchte, um die Dunkelheit zu besiegen. Doch
gleichzeitig spürte sie eine drohende Gefahr – die
Dunkelheit war noch nicht besiegt, und sie
wusste, dass die Mitglieder des Kults, die sich in
den Schatten versteckten, ihre Schritte genau
beobachteten.
Die Rückkehr zur Burg war beschwerlich, und je
näher sie kam, desto mehr überkam sie das
Gefühl, dass die Dunkelheit nicht weit entfernt
war. Clara spürte, dass sie schnell handeln
musste, um die Geister, die in der Burg gefangen
waren, zu befreien. Sie war sich bewusst, dass die
Zeit gegen sie arbeitete.
Als sie die Burg erreichte, war der Himmel von
tiefen Wolken verhangen, und der Wind pfiff

durch die Mauern. Clara drang entschlossen in das Innere der Burg ein. Der Raum, in dem sie das Ritual durchgeführt hatte, war jetzt still, aber sie konnte das Flüstern der Geister hören, das sie ermutigte.

Sie stellte sich vor die alte Bühne, die jetzt so vertraut war. Mit dem Schlüssel in der Hand spürte sie die Verbindung zu den Geistern, die sie befreit hatte. Sie wusste, dass der Schlüssel der letzte Teil des Rituals war, das sie vollziehen musste.

Clara hielt den Schlüssel hoch und sprach die Worte des Rituals, während sie die Kerze entzündete. Das Licht flackerte und erhellte die Dunkelheit um sie herum. Sie spürte, wie die Energie in der Kammer zu wachsen begann, und die Schatten schienen sich zu verdichten, als ob sie sich zusammenzogen, um ihr entgegenzukommen.

„Ich rufe die Geister der Burg! Ich öffne das Tor zur Freiheit!" rief Clara, und der Schlüssel begann zu leuchten. Die Dunkelheit um sie herum zuckte und begann, sich zurückzuziehen. Clara wusste, dass sie kurz davor war, die Dunkelheit für immer zu vertreiben.

Die Geister schwebten um sie herum und schienen sich zu formieren, bereit, ihr Licht auf die Schatten zu werfen, die die Burg umhüllten. Doch Clara fühlte auch, dass die Dunkelheit sich nicht so leicht ergeben würde. Die Schatten, die sich in der Ecke der Kammer sammelten, schienen zu pulsieren und sich gegen das Licht zu wehren.

„Kämpft mit mir!" rief Clara den Geistern zu. „Gemeinsam können wir die Dunkelheit besiegen!"

In diesem Moment bemerkte sie, wie sich die Gestalt des Verräters, den sie zuvor bekämpft hatte, erneut manifestierte. Sein Gesicht war voller Zorn, und er schien aus der Dunkelheit zu erwachen. „Du glaubst, du kannst uns besiegen?" dröhnte seine Stimme, und der Raum begann zu vibrieren.

Clara wusste, dass sie die endgültige Konfrontation mit der Dunkelheit erreichen musste. Sie hielt den Schlüssel fester und rief die Worte des Rituals mit aller Kraft. Die Geister vereinten sich um sie und verstärkten das Licht, das aus dem Schlüssel strömte.

Das Licht wurde so hell, dass es die Dunkelheit durchbrach und die Schatten zurückdrängte. Clara fühlte sich unbesiegbar, als die Energie in der Kammer explodierte und die Geister sich mit dem Licht vereinten. Die Dunkelheit begann zu schrumpfen, und der Verräter schrie vor Wut.

„Du kannst uns nicht aufhalten! Wir sind unsterblich!" brüllte er, aber Clara ließ sich nicht beirren. Sie wusste, dass sie das Licht und die Wahrheit auf ihrer Seite hatte.

Mit einem letzten Schrei entfesselte Clara die volle Kraft des Lichts, und die Dunkelheit wurde in einem gewaltigen Blitz vertrieben. Es war ein Moment der Klarheit, in dem die Schatten zerfielen und die Geister in den Himmel aufstiegen, endlich befreit von der Last ihrer Vergangenheit.

Clara stand in der nun leeren Kammer, das Licht verblasste langsam, und die Stille der Burg wurde von einem tiefen Gefühl der Erleichterung erfüllt.

Sie hatte es geschafft. Die Geister waren frei, und die Dunkelheit war besiegt.
Doch während sie das Erreichte betrachtete, wusste Clara, dass ihre Reise hier noch nicht endete. Gadebusch hatte noch viele Geheimnisse, und sie war bereit, alle weiteren Herausforderungen anzunehmen, die ihr bevorstanden.

Kapitel 10: Der Schatten der Wahrheit

Die Dunkelheit hatte sich endlich zurückgezogen, und die Geister waren befreit. Clara stand allein in der Kammer, das Licht der Kerze flackerte schwach, während die letzten Überreste der Dunkelheit in die Ecken des Raumes verschwanden. Ein tiefes Gefühl der Erleichterung durchströmte sie, doch es gab immer noch eine leise Stimme in ihrem Kopf, die ihr zuflüsterte, dass die Arbeit noch nicht getan war.

Mit einem letzten Blick auf die alten Mauern, die nun nicht mehr so bedrohlich wirkten, machte Clara sich auf den Weg nach draußen. Der Mond stand immer noch hoch am Himmel und tauchte die Burg in ein sanftes, silbernes Licht. Sie fühlte sich, als hätte sie nicht nur die Geister befreit, sondern auch einen Teil ihrer eigenen Geschichte entdeckt. Doch die Geheimnisse von Gadebusch waren noch nicht vollständig enthüllt.

Auf dem Weg zurück in die Stadt fiel ihr auf, wie die Straßen nun lebendig wirkten, als würden sie die Rückkehr des Lichts feiern. Die Atmosphäre war verändert, als hätte die Stadt ihren Atem angehalten, nur um nun erleichtert aufzuatmen. Clara wusste, dass sie mehr herausfinden musste. Sie wollte die Verbindungen zwischen den Geistern, dem Kult und der Geschichte der Stadt vollständig verstehen.

Im Hotelzimmer angekommen, setzte sie sich an den Tisch und breitete die Aufzeichnungen aus, die sie in der Versammlungshalle gefunden hatte. Der Schlüssel, den sie entdeckt hatte, schien noch immer in ihrer Hand zu pulsieren, als würde

er sie an die Erinnerungen und die Geschichten
der Seelen binden, die sie gerade befreit hatte.
Sie studierte die Dokumente und erkannte, dass
der Kult nicht nur in der Burg, sondern auch in der
Stadt weitreichende Verbindungen hatte. Es gab
Hinweise auf Menschen, die die Rituale
beobachtet hatten und deren Leben durch die
dunklen Praktiken des Kults geprägt waren. Clara
wusste, dass sie die Augenzeugen und
Überlebenden finden musste, um die ganze
Wahrheit ans Licht zu bringen.
Die Geschichte von Gadebusch war voller
Tränen und Lügen, und die Zeit, in der die
Dunkelheit über die Stadt herrschte, durfte nicht
vergessen werden. Clara machte sich einen Plan,
um mit den Bewohnern zu sprechen, die noch
von den Ereignissen in der Vergangenheit
betroffen waren.
Am nächsten Morgen begann Clara, die Stadt zu
erkunden, und klopfte an Türen, suchte nach
Hinweisen und Geschichten. Ihre ersten
Anlaufstellen waren die älteren Bewohner, die
möglicherweise noch Erinnerungen an die Tage
des Kults hatten. Sie besuchte das lokale Café, in
dem die ältesten Bürger sich regelmäßig trafen,
um die Neuigkeiten auszutauschen und in
Erinnerungen zu schwelgen.
Die Luft war frisch, als sie das Café betrat, und die
Gespräche verstummten für einen Moment, als
die Menschen sie bemerkten. Clara stellte sich
vor und erklärte, dass sie sich für die Geschichte
von Gadebusch interessierte, insbesondere die
dunklen Kapitel, die viele aus Angst oder Scham
lieber vergessen wollten.

Ein älterer Mann, der in der Ecke saß, blickte auf und nickte. „Die Dunkelheit hat uns alle berührt, junge Dame. Ich habe viel gesehen, und manchmal fühle ich mich, als würde die Stadt noch immer von den Schatten verfolgt."

Clara setzte sich zu ihm und hörte aufmerksam zu, während er seine Erinnerungen teilte. Er sprach von den nächtlichen Treffen des Kults, die damals in der Burg stattfanden, und den Geschichten von Menschen, die nie zurückgekehrt waren.

„Die Stadt hat sich verändert, aber die Schatten sind immer noch da, und die Geschichten sind es auch."

Mit jedem Wort, das der alte Mann sprach, spürte Clara die Last der Geschichte, die auf den Schultern der Stadt ruhte. Sie verstand, dass die Befreiung der Geister erst der erste Schritt war. Um Gadebusch von der Dunkelheit zu heilen, musste sie die Wunden der Vergangenheit aufdecken und den Mut der Menschen wecken, sich ihren Ängsten zu stellen.

Die Gespräche mit den anderen Anwohnern führten Clara zu einem entscheidenden Hinweis – eine weitere geheime Kammer, verborgen in der alten Schule der Stadt, in der einst die Mitglieder des Kults versammelt waren, um ihre dunklen Rituale durchzuführen. Sie war fest entschlossen, die Kammer zu finden und die letzten Geheimnisse zu enthüllen.

Clara wusste, dass ihre Zeit knapp war und die Dunkelheit sich nicht so leicht besiegen lassen würde. Während sie aufbrach, um die alte Schule zu erkunden, spürte sie das Gewicht der Geschichte auf ihren Schultern. Die Schatten von

Gadebusch würden nicht ruhen, bis die Wahrheit
ans Licht kam – und Clara war bereit, sich ihnen
zu stellen.

48

Kapitel 11: Die Kammer der Geheimnisse

Die alte Schule von Gadebusch war ein ehrwürdiges Gebäude, das in der Dämmerung düster und geheimnisvoll wirkte. Clara spürte das Gewicht der Jahre, als sie die Stufen zur Eingangstür hinaufging. Diese Schule hatte Generationen von Kindern unterrichtet, aber jetzt war sie ein Ort, an dem die Dunkelheit und die Geheimnisse des Kults ihren Schatten hinterlassen hatten.

Die Tür knarrte leise, als sie sie öffnete. Der Geruch von alten Büchern und Staub schlug ihr entgegen, und die Wände schienen mit Erinnerungen gefüllt zu sein. Clara wusste, dass sie in einem Raum war, der einst von den Anhängern des Kults genutzt worden war – und vielleicht sogar von den Geistern, die sie in der Burg befreit hatte.

Mit einer Taschenlampe in der Hand begann sie, die Klassenräume zu durchstreifen. Die Tische waren umgestoßen, und alte Stühle standen verlassen in den Ecken. Die Fenster waren mit einer dicken Staubschicht bedeckt, die die Sicht auf die Außenwelt verhinderte. Clara konnte die Gespenster der Vergangenheit fast spüren, als ob die Stille der Räume die Schreie der verlorenen Seelen in sich trug.

Schließlich entdeckte sie einen Treppenaufgang, der in den Keller führte. Das Flüstern in ihrem Kopf wurde lauter, und das unheimliche Gefühl der Anziehung, das sie bei der Burg erlebt hatte, war wieder da. Clara wusste, dass sie dem Geheimnis näher kam. Sie folgte der Treppe hinunter, und je weiter sie ging, desto kälter wurde die Luft. Unten angekommen, fand sie einen langen Flur mit mehreren Türen. Eine der Türen war leicht geöffnet, und aus dem Raum drang ein schwaches Licht. Clara näherte sich und konnte die Schatten von alten Symbolen an der Wand erkennen, die in der Dunkelheit tanzten. Ihre Neugier überwältigte ihre Furcht, und sie schob die Tür auf.

Der Raum war klein und voller Regale, die mit alten Büchern, Pergamenten und Ritualgegenständen gefüllt waren. Clara trat ein und betrachtete die Regale, als sie einen vertrauten Gegenstand entdeckte – einen alten, verzierten Spiegel, der in der Mitte des Raumes stand. Der Spiegel war die letzte fehlende Komponente des Rituals, das sie durchführen wollte, und er schien von einem sanften Licht umgeben zu sein.

Als sie näher trat, bemerkte sie, dass der Spiegel nicht nur ihr eigenes Abbild reflektierte, sondern auch schwache Bilder von den Geistern, die sie befreit hatte. Es war, als ob die Seelen durch den Spiegel hindurch schauten, um sie zu warnen oder um Hilfe zu bitten. Clara fühlte sich unruhig, aber sie wusste, dass sie handeln musste.

In diesem Moment hörte sie Schritte hinter sich. Die Tür, durch die sie gekommen war, wurde mit einem lauten Knall geschlossen. Clara drehte sich abrupt um und sah einen Schatten in der Dunkelheit stehen. Es war eine Gestalt – ein Mitglied des Kults, das sie hatte im Café getroffen.

„Du hättest nicht kommen sollen," sagte die
Gestalt mit einer Stimme, die kalt wie Eis war. „Du
verstehst nicht, was du hier tust."
„Ich verstehe sehr wohl, dass ich die Dunkelheit
besiegen muss!" rief Clara und stellte sich der
Gestalt.
Der Kultist grinste höhnisch. „Die Dunkelheit ist ein
Teil von uns, und wir werden nicht zulassen, dass
du sie vertreibst. Du bist nur ein Werkzeug, und
deine Zeit wird bald ablaufen."
Mit diesen Worten schritt er vorwärts, und Clara
spürte die unheimliche Energie, die ihn umgab.
Die Dunkelheit in diesem Raum schien sich zu
verdichten, als ob sie lebendig wäre und Clara in
ihren Bann ziehen wollte.
Entschlossen schloss Clara die Augen und
konzentrierte sich auf das Licht des Spiegels. Sie
rief die Geister zu Hilfe und bat um ihre Kraft. Die
Luft um sie herum begann zu pulsieren, und die
Schatten schienen sich zurückzuziehen. Der Kultist
wurde von einer Welle der Energie erfasst, die ihn
zurückdrängte.
„Du kannst uns nicht aufhalten!" rief er, während
die Dunkelheit um ihn herum zu zerfallen begann.
Clara spürte, wie das Licht im Raum stärker wurde
und die Geister um sie herum schwebten, bereit,
ihren Einfluss auf die Dunkelheit zu entfalten.
„Ich werde nicht aufgeben!" rief Clara mit voller
Kraft, als sie den Spiegel ergriff und ihn in
Richtung des Kultisten hielt. Das Licht des Spiegels
strahlte durch den Raum, und die Dunkelheit
wurde von dem Licht durchbohrt.
„Nein!" schrie der Kultist, als er von der Macht des
Lichts erfasst wurde. Die Schatten wichen zurück,

und Clara spürte, wie die Geister sich um sie versammelten, ihre Energie mit ihrem eigenen Licht vereint.

Mit einem letzten Aufschrei verschwand der Kultist in der Dunkelheit, und das Licht des Spiegels strahlte bis zur Decke. Clara wusste, dass sie gewonnen hatte – aber die Dunkelheit war nicht vollständig besiegt. Sie hatte die Macht des Kults geschwächt, doch sie spürte, dass noch mehr auf sie wartete.

Der Raum wurde still, und das Licht des Spiegels erlosch allmählich. Clara stand da, das Herz pochte in ihrer Brust. Sie wusste, dass ihre Reise noch nicht zu Ende war. Sie hatte die Dunkelheit konfrontiert und einige ihrer Geheimnisse gelüftet, aber Gadebusch hatte noch viele weitere Geschichten zu erzählen.

Mit neuer Entschlossenheit machte sie sich auf den Weg zurück zur Oberfläche, bereit, die Wahrheit über die Stadt, die Burg und die verlorenen Seelen weiter zu entdecken.

Kapitel 12: Der Ruf des Waldes

Clara trat aus der alten Schule in die frische Morgenluft, und ein Gefühl der Entschlossenheit durchströmte sie. Sie hatte den Kult konfrontiert und einige ihrer Geheimnisse aufgedeckt, aber der Kampf war noch nicht vorbei. Die Schatten, die sie besiegt hatte, waren nur ein Teil eines viel größeren Puzzles, das sie entschlüsseln musste. Der Hinweis auf den verwachsenen Baum im Wald und der Schlüssel, den sie gefunden hatte, schwirrten in ihrem Kopf. Clara wusste, dass sie sich auf den Weg zu diesem geheimnisvollen Ort machen musste, um die letzte Wahrheit zu entdecken, die Gadebusch verborgen hielt.

Als sie in den Wald ging, umhüllte sie die kühle Brise, und das Licht des Morgens drang sanft durch die Blätter. Clara fühlte, wie die Natur um sie herum lebendig wurde, als ob die Bäume und die Tiere sie beobachteten. Ein Teil von ihr fragte sich, ob die Geister, die sie befreit hatte, sie auf ihrer Reise begleiteten.

Der Weg war verschlungen, und Clara musste aufpassen, nicht über die Wurzeln und Steine zu stolpern, die den Pfad säumten. Die Erinnerungen an die dunklen Rituale des Kults und die Geschichten der Geister, die in der Burg gefangen waren, schwebten in ihrem Kopf. Sie wusste, dass sie die Geheimnisse des Waldes ergründen musste, um das endgültige Ritual abzuschließen.

Nach einer Weile erreichte sie den Fluss, der sanft durch den Wald floss. Clara folgte dem Lauf des Wassers, das in der Morgensonne glitzerte. Bald darauf entdeckte sie den Baum, von dem die

Legende gesprochen hatte. Er war riesig, seine
Wurzeln schlangen sich um das Erdreich, und die
Äste schienen in den Himmel zu greifen.
Mit einem schnellen Blick um sich wusste Clara,
dass sie an ihrem Ziel war. Sie kniete sich vor dem
Baum nieder und begann, die Erde zu
durchsuchen. Die Aufregung in ihrem Herzen
schlug wie ein Trommelschlag, als sie nach dem
versteckten Schlüssel suchte.
Schließlich stieß sie auf einen kleinen Kasten, der
im Erdreich verborgen war. Sie öffnete ihn
vorsichtig und entdeckte ein weiteres Relikt – ein
altes Amulett, das in der Form eines Schlüssels
gefertigt war, aber in einem helleren Licht
schimmerte. Es war verziert mit mystischen
Symbolen, die Clara aus den Aufzeichnungen
kannte.
Als sie das Amulett berührte, durchfuhr sie ein
warmer Schauer, und Bilder aus der
Vergangenheit flogen vor ihrem inneren Auge
vorbei. Sie sah die Mitglieder des Kults, wie sie in
den Schatten der Burg zusammenkamen, und
die Gespenster der verlorenen Seelen, die um sie
herum schwebten. Clara spürte, dass dies nicht
nur ein weiteres Relikt war; es war der Schlüssel zu
einem noch größeren Geheimnis.
Mit dem Amulett in der Hand machte sie sich auf
den Rückweg zur Burg, entschlossen, das Ritual zu
vollenden und die letzten Geheimnisse der
Dunkelheit zu lüften. Als sie sich der Burg näherte,
spürte sie die Energie, die von den alten Steinen
ausging. Der Schlüssel, den sie zuvor benutzt
hatte, und das Amulett schienen in einem
mystischen Einklang zu stehen.

Clara betrat die Burg und folgte dem vertrauten Weg zur Kammer der Geister. Der Raum war jetzt still und leer, aber die Energie war spürbar. Clara stellte sich in die Mitte und hielt sowohl den alten Schlüssel als auch das Amulett in den Händen.
„Ich bin bereit, die Dunkelheit ein für alle Mal zu besiegen," rief sie in die Stille.
Sie begann, das Ritual durchzuführen, indem sie die Worte aus den alten Aufzeichnungen und die Macht des Amuletts vereinte. Das Licht der beiden Relikte verschmolz und bildete einen strahlenden Kreis um sie herum. Clara spürte, wie die Geister sich um sie versammelten, und das Licht wurde stärker.
Doch plötzlich zitterte die Burg, als ob sie auf die Erweckung reagierte. Clara spürte, wie die Schatten sich wieder sammelten und eine unheimliche Präsenz in den Raum eindrang. Es war der Geist des Verräters, und seine Wut war spürbar.
„Du kannst die Dunkelheit nicht besiegen! Sie gehört zu dir!" rief der Verräter mit einer Stimme, die den Raum durchdrang.
Clara fühlte, wie die Furcht in ihr aufstieg, aber sie wusste, dass sie stark bleiben musste. „Ich bin nicht allein! Ich habe die Geister, die für ihre Freiheit kämpfen!" rief sie, und das Licht um sie herum flackerte noch heller.
Der Kampf gegen die Dunkelheit war entfesselt, und Clara wusste, dass die Zeit gekommen war, die letzte Wahrheit zu enthüllen. Sie war bereit, sich den Schatten zu stellen und das Licht in die Herzen der Stadt zu bringen. Der Verräter würde nicht gewinnen, nicht diesmal.

Kapitel 13: Der finale Konflikt

Das Licht der Relikte pulsierte und erleuchtete die
Kammer mit einer intensiven Strahlung, die selbst
die tiefsten Schatten zurückdrängte. Clara stellte
sich dem Geist des Verräters, dessen wütender
Ausdruck in der Dunkelheit lebendig wurde. Er
war eine Manifestation der Angst, der Trauer und
des Zorns, und er war nicht bereit, sich ohne
einen letzten Kampf zurückzuziehen.
„Du weißt nicht, was du tust," brüllte der Verräter,
seine Stimme war ein grollendes Echo, das durch
die Mauern der Burg hallte. „Die Dunkelheit ist in
dir, und du kannst sie nicht besiegen!"
Clara fühlte, wie der Druck der Vergangenheit
auf ihren Schultern lastete. Doch sie wusste, dass
die Geister, die sie befreit hatte, hinter ihr standen
und ihre Kraft mit ihr teilten. „Ich werde nicht
zulassen, dass du über uns herrschst! Die Geister
haben ihren Frieden verdient!"
Mit einem tiefen Atemzug konzentrierte sie sich
auf das Licht des Amuletts und den Schlüssel, der
in ihrer anderen Hand funkelte. Die Worte des
Rituals flossen aus ihrem Mund, und sie sprach sie
mit einer Überzeugung, die in ihrem Herzen
brannte. „Durch das Licht, durch die Kraft der
Seelen, befreie ich uns von der Dunkelheit!"
Das Licht explodierte in der Kammer, und die
Schatten wichen zurück. Clara spürte, wie die
Energie um sie herum vibrieren und die Wände
der Burg erschüttern ließ. Der Verräter kämpfte,
versuchte, sich dem Licht zu entziehen, aber
Clara hielt fest an ihrem Entschluss. „Du bist nicht
mehr mächtig! Deine Zeit ist vorbei!"

Die Geister, die sich um Clara versammelt hatten, begannen zu singen – ein wunderschöner, melancholischer Gesang, der die Dunkelheit durchbrach. Die Stimmen der verlorenen Seelen vereinten sich in einem harmonischen Klang, der die Wände der Burg erschütterte und das Herz des Verräters zum Beben brachte.

„Nein! Das darf nicht geschehen!" schrie er, während die Schatten um ihn herum zu zerfallen begannen. Clara fühlte die Welle der Energie, die durch ihre Worte und den Gesang der Geister entfesselt wurde, und sie wusste, dass sie den finalen Schritt machen musste.

„Ich rufe dich, Licht! Ich rufe die Seelen, um Frieden zu finden!" Clara hob den Schlüssel und das Amulett, und das Licht brach wie ein Sturm über die Dunkelheit herein. Die Kammer wurde erhellt, und der Schatten des Verräters wurde von der Macht des Lichts erfasst.

Ein lauter Knall erfüllte die Kammer, als die Dunkelheit zerfiel und der Geist des Verräters in einem blendenden Licht verschwand. Clara spürte, wie die Geister um sie herum in den Himmel aufstiegen, ihre Seelen endlich befreit. Die Dunkelheit hatte ihren letzten Widerstand aufgegeben, und die Burg erstrahlte in einem neuen Licht.

Als die Stille in der Kammer einkehrte, sank Clara erschöpft auf die Knie. Tränen der Erleichterung liefen ihr über die Wangen. Sie hatte die Dunkelheit besiegt und die Geister befreit. Doch in ihrem Herzen wusste sie, dass dies nicht nur ein Sieg über die Dunkelheit war, sondern auch ein Neuanfang für Gadebusch.

Kapitel 14: Ein neuer Morgen

Der Morgen brach an, als Clara die Burg verließ.
Die Sonne strahlte hell über den Horizont, und die
Schatten der Nacht schienen sich in den letzten
Strahlen des Mondlichts aufzulösen. Gadebusch
hatte eine Wandlung durchgemacht, und die
Luft war nun erfüllt von Hoffnung und Licht.
Clara machte sich auf den Weg zurück in die
Stadt. Die Straßen waren jetzt lebendig, und die
Menschen schienen die Veränderungen um sie
herum zu spüren. Die Erinnerungen an die
Dunkelheit und die Trauer der Vergangenheit
waren noch frisch, aber der Geist der
Gemeinschaft blühte auf.
Sie ging zum Marktplatz, wo die Bewohner sich
versammelt hatten, um die Rückkehr des Lichts zu
feiern. Es gab Lachen und Freude, und die
Menschen umarmten sich, als ob sie alle Teil eines
neu gefundenen Schicksals wären. Clara spürte,
dass die Stadt sich von der Dunkelheit erhob,
bereit, ihre Geschichten und Geheimnisse in der
Helligkeit zu teilen.
In diesem Moment wusste Clara, dass sie nicht
nur die Geister von Gadebusch befreit hatte,
sondern auch eine Brücke zur Vergangenheit
geschlagen hatte. Die Stadt hatte ihre Dunkelheit
konfrontiert und die Kraft gefunden, die sie
brauchte, um weiterzuleben.
Sie lächelte, als sie die Menschen um sich herum
sah. Die Erinnerungen an die Geisterfrau und die
verlorenen Seelen blieben in ihrem Herzen, aber
sie wusste, dass sie jetzt nicht mehr allein waren.
Die Geister lebten in den Geschichten der Stadt

weiter, und Clara war bereit, ihre eigene
Geschichte zu erzählen.

Mit einem neuen Ziel und einem offenen Herzen
kehrte Clara zu den Wurzeln der Stadt zurück,
entschlossen, die Zukunft von Gadebusch zu
gestalten und die Lektionen der Vergangenheit
in das Licht der Gegenwart zu tragen.

Kapitel 15: Die Rückkehr der Geister

Die Tage nach dem Ritual vergingen schnell, und Clara fühlte, wie die Stadt Gadebusch sich veränderte. Es war nicht nur die Geisterbefreiung, die die Menschen wieder zusammenschweißte; es war das Wissen um die eigene Geschichte, das sie miteinander verband. Clara hatte das Gefühl, dass die verlorenen Seelen jetzt endlich Frieden fanden und in den Herzen der Bewohner weiterlebten.

Als sie durch die Straßen der Stadt schlenderte, spürte sie den neuen Geist des Wandels. Die alten Geschichten, die einst in Schatten verborgen waren, wurden nun laut und stolz erzählt. Die Menschen sprachen über die Geisterfrau, die Clara befreit hatte, und über die Geschichte des Kults, der in der Dunkelheit gewuchert hatte. Es war eine Zeit der Heilung und des Neuanfangs.

Doch eines Abends, als Clara durch den Marktplatz schlenderte, spürte sie erneut das vertraute Flüstern. Es war, als würde die Stadt selbst sie rufen. Sie folgte dem Gefühl, das sie zu einem kleinen, alten Buchladen führte, der von einem schüchternen, aber freundlichen alten Mann betrieben wurde.

„Ah, Clara," sagte er, als sie eintrat. „Ich habe auf dich gewartet. Es gibt etwas, das du wissen musst."

Neugierig trat Clara näher. Der Mann führte sie zu einem alten Regal, das voller Bücher über die Geschichte Gadebuschs war. Er zog ein dickes, verstaubtes Buch heraus, das das Wappen der Stadt auf dem Einband trug. „Dies sind die

Geschichten, die nie erzählt wurden.
Geheimnisse, die verborgen blieben, selbst nach
der Befreiung der Geister."
Clara blätterte durch die Seiten und fand
Aufzeichnungen über die alten Bräuche, die die
Stadt mit dem Fluss und den Wäldern verbanden.
Es war, als würde sie die Seele Gadebuschs
wiederentdecken. Doch es gab auch Kapitel, die
düstere Warnungen enthielten – über andere
Kulturen, die versuchten, Macht über die Stadt zu
erlangen und die Dunkelheit zurückzubringen.
„Du hast die Geister befreit, aber die Dunkelheit
ist listig. Es gibt immer noch Bedrohungen, die im
Verborgenen lauern," erklärte der alte Mann mit
besorgter Miene. „Du musst bereit sein, die Stadt
zu schützen und ihre Geheimnisse zu wahren."
Clara fühlte sich überfordert, aber auch
ermächtigt. Sie war die Brücke zwischen den
Geistern und der Stadt, und es lag an ihr, die
Geschichten am Leben zu halten und
sicherzustellen, dass die Dunkelheit nicht
zurückkehren konnte.

Kapitel 16: Die Dunkelheit kehrt zurück

Eines Nachts, während Clara in ihrem Hotelzimmer arbeitete, hörte sie ein seltsames Geräusch aus dem Flur. Es war ein kratzendes Geräusch, das die Stille durchbrach. Neugierig und ein wenig besorgt öffnete sie die Tür und trat in den Flur.
Dort sah sie, wie der alte Mann aus dem Buchladen in Eile auf sie zukam. „Clara, wir haben ein Problem!" rief er. „Die Dunkelheit hat sich zurückgezogen, aber sie hat nicht aufgegeben! Es gibt Gerüchte über einen neuen Kult, der sich in der Stadt formiert. Sie planen, die alten Rituale wiederzubeleben und die Geister zurückzuholen!"
Clara spürte, wie sich die Anspannung in ihrem Magen verstärkte. „Was können wir tun? Wie können wir sie aufhalten?"
„Wir müssen die Verbundenheit mit den Geistern wiederherstellen. Du hast das Ritual durchgeführt, um sie zu befreien, aber jetzt müssen wir ihre Kraft nutzen, um die Dunkelheit zu besiegen. Wir müssen die Stadt vereinen, bevor es zu spät ist."
Clara nickte entschlossen. „Wir müssen die Menschen aufklären, sie dazu bringen, ihre Geschichten zu teilen und die Dunkelheit gemeinsam zu bekämpfen."
In den kommenden Tagen organisierte Clara Treffen mit den Stadtbewohnern. Sie sprach über die Bedeutung der Vergangenheit, die Macht der Gemeinschaft und die Notwendigkeit, die Erinnerungen an die Geister lebendig zu halten.
Die Menschen kamen zusammen, und ihre

Stimmen vereinten sich in einem Chor des
Wandels.
Die alte Wunde, die die Dunkelheit in der Stadt
hinterlassen hatte, begann zu heilen, und die
Bewohner fanden neuen Mut. Doch während sie
zusammenarbeiteten, schwebte eine
unheimliche Bedrohung über Gadebusch, und
Clara wusste, dass die Zeit drängte.

Kapitel 17: Die letzte Konfrontation

Die Vollmondnacht war gekommen, und Clara hatte das Gefühl, dass sich das Schicksal der Stadt in dieser einen Nacht entscheiden würde. Sie versammelte die Stadtbewohner auf dem Marktplatz und forderte sie auf, sich zu vereinen und die Geister zu rufen, die ihnen einst befreit wurden.

„Heute Abend werden wir die Dunkelheit konfrontieren! Wir werden nicht zulassen, dass die Schatten zurückkehren!" rief Clara, und die Menge jubelte. Die Menschen hielten sich an den Händen, bildeten einen Kreis aus Licht und Hoffnung.

Während sie die Geister herbeiriefen, spürte Clara, wie die Macht der Vergangenheit sich um sie herum sammelte. Das Licht des Vollmonds fiel auf die Stadt, und für einen Moment schien die Dunkelheit zu weichen. Doch dann, aus den Schatten, kam die bedrohliche Gestalt des neuen Kults.

Clara wusste, dass die Zeit gekommen war, um zu kämpfen. Die Dunkelheit war ein Teil von Gadebusch, aber die Gemeinschaft und das Licht, das sie zusammen gebildet hatten, waren stärker. Clara trat vor, hielt den alten Schlüssel und das Amulett in der Hand und bereitete sich auf die letzte Konfrontation vor.

„Wir sind hier, um die Dunkelheit zu vertreiben!" rief sie mit fester Stimme. Die Dunkelheit begann zu wogen, als der Kult näher trat. Doch die Stadt war nicht mehr allein – die Geister, die Clara

befreit hatte, schwebten um sie herum und
leuchteten mit einem strahlenden Licht.
Die Dunkelheit zuckte zusammen und versuchte,
die Geister zu verschlingen, doch Clara wusste,
dass sie zusammen stark waren. „Steht
zusammen, und lasst das Licht in unsere Herzen
strömen!"
Der Kampf entbrannte, und das Licht strahlte
heller als je zuvor, während die Dunkelheit in
einem letzten verzweifelten Versuch
zurückschlug. Clara spürte die Verbindung
zwischen ihr, den Geistern und den Menschen
um sie herum. Es war eine Kraft, die die Schatten
überwinden konnte.
Mit einem letzten Aufschrei stürzte Clara voran,
und die Dunkelheit begann zu zerfallen. Das Licht
erhellte die Nacht, und die Schatten wichen
zurück.
„Wir sind Gadebusch! Wir lassen die Dunkelheit
nicht zurück!" rief Clara und spürte, wie die
Dunkelheit in einem letzten, ohrenbetäubenden
Knall verschwand.
Die Nacht war still, und die Geister erhoben sich
in den Himmel. Gadebusch war befreit. Clara
sank erschöpft auf die Knie, während die Stadt
um sie herum in jubelndem Licht erstrahlte. Sie
hatte den Kampf gewonnen, aber sie wusste,
dass die Geschichten und die Erinnerungen an
die Geister und ihre Dunkelheit in den Herzen der
Menschen weiterleben würden.